半小时 国学课堂

给孩子的
半小时
唐诗课

文小彦 著　　杨咩 绘

长江出版传媒 | 崇文书局

图书在版编目（CIP）数据

给孩子的半小时唐诗课 / 文小彦著 ；杨咩绘 . --
武汉 ：崇文书局，2023.6
（半小时国学课堂）
ISBN 978-7-5403-7088-6

Ⅰ．①给… Ⅱ．①文… ②杨… Ⅲ．①唐诗－少儿读
物 Ⅳ．① I222.742

中国国家版本馆 CIP 数据核字（2023）第 086736 号

责任编辑：李利霞
责任校对：董　颖
装帧设计：刘嘉鹏　杨　艳
责任印制：李佳超

给孩子的半小时唐诗课
GEI HAIZI DE BANXIAOSHI TANGSHI KE

出版发行：长江出版传媒　崇文书局
地　　址：武汉市雄楚大街 268 号 C 座 11 层
电　　话：(027)87677133　　邮政编码：430070
印　　刷：湖北新华印务有限公司
开　　本：880mm×1230mm　　1/32
印　　张：7
字　　数：140 千
版　　次：2023 年 6 月第 1 版
印　　次：2023 年 6 月第 1 次印刷
定　　价：46.00 元
（如发现印装质量问题，影响阅读，由本社负责调换）

序

　　从2016年起，我开始给小学生讲《论语》，到现在已经有七八年了。起初，我是给我儿子和他的同学讲；后来，我来到儿子的学校，给全校的同学讲；再后来，我到湖北人民广播电台、各大新媒体平台讲。

　　这期间，有太多的学生以及共读的家长给我反馈："谢谢杨老师，让我喜欢上了《论语》。""谢谢您，学习《论语》改变了我的孩子！"

　　这，就是我坚持给小学生和家长们讲《论语》的动力。

　　《论语》是孔子弟子及其再传弟子关于孔子言行的记录。片言只语，却是应对人生各种问题的灵丹妙药。宋朝的学者朱熹曾说过："天不生仲尼，万古如长夜。"孔子的思想如长夜明灯，照耀人类历史的长空。

　　小学生学《论语》，离不开"朗读、理解、背诵、书写"，所以我定的学习时长为每天半小时。学习古文，离不开诵读，按照我的背诵小贴士来朗读、背诵，你一定会成为背诵小高手。

这本书还有以下几个特色：

第一，全书通过一个个生动有趣的小故事串联起来，这些故事都是《论语》章句背后的故事。小朋友们看了之后，既可以记住这些名言警句，又能扩充写作素材。

第二，每一课的《论语》章句都是精心挑选，孩子们熟悉的成语很多来自《论语》，如"三思后行""见贤思齐"，通过回溯到原文，帮助学生理解文本，培养文言文语感。

第三，挑选出基本汉字进行讲解。我在讲《论语》的过程中了解到，识字也是文言文阅读的基础。所以，我从《论语》中挑选出基本汉字，从字形、字义演变讲起，力求有趣，让小朋友们容易理解和记忆。

这套"半小时国学课堂"系列书，除了《论语》，还有《声律启蒙》、唐诗和宋词。每一本在讲解的过程中，都穿插了对历史、文化相关背景的介绍，趣味性强。所有栏目的设置，也都秉持一个原则：让孩子喜欢、爱读，让家长便于解说、引导。

现在，和我一起迈进国学的大门吧！

杨红

2023 年 4 月

目录

托物
言志

与君
离别

2

塞外
风云

雅趣
生活

传统
节日

这样
的诗

自然美景

春　晓

孟浩然

春眠不觉°晓°，

处处闻°啼鸟。

夜来°风雨声，

花落知多少°。

背诵小贴士：带读10遍，独读10遍，背诵5遍，考背5遍。

注释

不觉：不知不觉。

晓：早晨，天刚亮的时候。

闻：听见。

夜来：昨夜。

知多少：不知有多少。

译文

　　春日醒来不知不觉天已亮了，到处是鸟儿清脆的啼叫声。回想起昨夜的阵阵风雨声，不知吹落了多少美丽的春花。

文老师讲唐诗

唐朝皇帝喜欢聘请隐士为官，有些隐士不仅才华横溢，还智慧非凡。当时一些文人效仿隐士，过起隐居修行的生活，等待时机入朝为官，如李白曾隐居在终南山，孟浩然则在鹿门山隐居。《春晓》这首诗，就是孟浩然隐居时创作的。

鹿门山距离孟浩然的家乡襄阳城30里水路，因隐士庞德公而名扬天下。年轻的孟浩然乘坐小船，初次登上鹿门山，就被如画的山水美景深深吸引，于是决定在此隐居。

孟浩然一边过着田园生活，一边写下不少诗篇，他希望自己能受到朝廷重用，成为像庞德公那样的名人。可惜他参加科举考试失败，最终只能以平民诗人的身份度过一生。

知识拓展

庞德公是东汉著名隐士，不仅精于医术，还善于识人。当年诸葛亮曾拜庞德公为师，每次求教都虚心好学。后来，庞德公带着家人隐居在鹿门山，鹿门山因此成了隐居胜地。

横折弯钩别写错
里面撇点要恰当

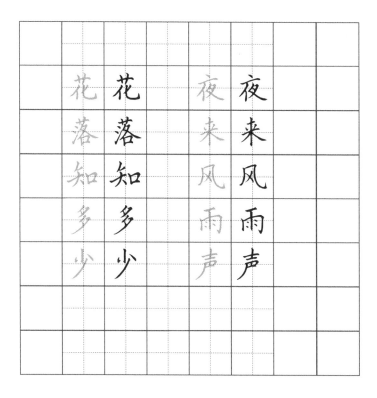

绝句（其一）

杜 甫 (fǔ)

迟日°江山丽，

春风花草香。

泥融°飞燕子，

沙暖睡鸳鸯° (yuān yāng)。

背诵小贴士：带读10遍，独读10遍，背诵5遍，考背5遍。

注释

迟日：春季太阳落山渐晚，所以说"迟日"。

泥融：春天来临，冻泥融化，变得又软又湿。

鸳鸯：一种漂亮的水鸟，雄鸟与雌鸟常双双出没。

译文

　　山河沐浴着春光，显得无比秀丽，春风送来花草的芳香。燕子衔了些湿泥忙着筑巢，暖和的沙子上睡着成双成对的鸳鸯。

文老师讲唐诗

759年冬天，杜甫为躲避战乱带着家人来到成都。第二年春天，杜甫建了一间茅屋，取名"浣花草堂"，即后来的"杜甫草堂"。他在这里居住了将近四年，留下了240余首诗作，其中就包括这首描绘春日美景的《绝句》。

在春光明媚的日子里，万物焕发着蓬勃生机。杜甫在种菜、养花之余，还教孩子们读书、写诗。闲暇时，望着屋外如诗如画的美景，杜甫的心情无比喜悦，于是写下了这首《绝句》。

杜甫一生所写的诗，大多都是描写人民的苦难，但这首《绝句》却意境明朗，表现了诗人热爱自然的愉悦之情，是少有的赏春佳作。

整体左低右高
偏旁向右伸展

迟日江山丽
春风花草香

绝　句

杜　甫

两个黄鹂鸣翠柳，
（lí）

一行白鹭上青天。
（háng）（lù）

窗含西岭° 千秋雪°，
（hán）（lǐng）

门泊° 东吴° 万里船°。
（bó）

背诵小贴士：带读10遍，独读10遍，背诵5遍，考背5遍。

注释

西岭：位于城郊以西的山。

千秋雪：指山上千年不化的积雪。

泊：停泊。

东吴：古时候吴国的领地，位于今江苏、浙江一带。

万里船：不远万里开来的船只。

译文

　　两只黄鹂在翠绿的柳树间婉转歌唱，一队整齐的白鹭直冲向蔚蓝的天空。我坐在窗前，可以望见西边的山上堆积着终年不化的白雪，门前停泊着从东吴远行而来的船只。

文老师讲唐诗

杜甫一生四处漂泊,饱受贫困之苦,住在成都"杜甫草堂"时,尽管生活条件简陋,但随处可见美丽的田园风光,耳边伴着溪水声,使得灵感源源不断。这段相对安稳的时光,成了他创作的黄金时期。

四月的一个上午,杜甫忙完农活回到家,坐在竹椅上休息。窗外迎面吹来一阵暖风,他不经意地一望,只见雪山像一幅画一样,被定格在窗框里,加上屋外的垂柳、黄鹂、白鹭和船只,这一切触动了他,于是写下了这首七言绝句。

成都的西岭雪山就是因杜甫的这首诗而闻名,但其实杜甫诗中所描绘的,并不是西岭雪山,而是位于城郊以西的雪山。

知识拓展

绝句是传统诗歌的一种体裁,适合用来写一景一物。诗人偶有所见,触发了内心的情感,便将自己的感受写下来。绝句最初仅指五言四句的小诗,发展到唐代,七言绝句开始盛行。

笔画细长要紧凑

左边起笔要靠上

两个黄鹂鸣翠柳

一行白鹭上青天

山 行

杜 牧 mù

远上寒山° 石径° 斜 xié ，

白云生° 处有人家。

停车坐° 爱枫林晚° ，

霜叶红于° 二月花。

背诵小贴士：带读10遍，独读10遍，背诵5遍，考背5遍。

注释

寒山：深秋时节的山。

石径：石子铺成的小路。

生：产生，生出。

坐：因为。

枫林晚：傍晚时的枫树林。

红于：比……更红。

译文

　　弯曲的石头小路远远地伸至深秋的山巅，在白云升腾的地方隐隐约约有几户人家。停下马车是因为喜爱深秋枫林的晚景，霜染后枫叶那鲜艳的红色更胜过二月的春花。

文老师讲唐诗

　　说起晚唐的"风流贵公子"，那一定非杜牧莫属。其实，他也曾是个心怀理想的少年。杜牧出生于富贵之家，祖父杜佑是唐德宗、唐顺宗、唐宪宗三朝宰相。杜牧希望能像祖父一样，实现自己的治国理想。

　　然而好景不长，祖父和父亲相继去世，失去了经济来源，一家人的生活顿时陷入困境。在这场变故中，杜牧尝尽了人生冷暖，但他始终没忘记自己的理想，年仅二十六岁便高中进士。

　　可惜杜牧生在晚唐，当时朝廷被奸臣把持，党派斗争严重，他只在长安当了半年管理书籍的小官就辗转各地，去了几个地方官员的府上做文职工作，这一干就是十一年。后来，杜牧回到长安做了几年官，却并未受到重用。

　　晚年的时候，杜牧疾病缠身，临终他烧毁了生平所写的多数诗文，只留下少许诗篇，其中就有这首流传甚广的《山行》。

宝盖头要窄

结构要紧凑

滁州西涧
chú jiàn

韦应物

独怜° 幽草° 涧边生，
lián

上有黄鹂深树° 鸣。

春潮° 带雨晚来急，

野渡° 无人舟自横°。

背诵小贴士：带读10遍，独读10遍，背诵5遍，考背5遍。

注释

独怜：唯独喜欢。

幽草：幽深之处的草丛。

深树：枝叶茂密的树。

春潮：春天的潮水。

野渡：荒野的渡口。

横：指随意飘浮。

译文

我独独喜爱生长在河边的幽幽野草，茂密的树林里不时传来黄鹂的啼叫。河里的潮水伴着傍晚的春雨流得更急了，荒野的渡口，只有无人的小船漂浮在水面上。

文老师讲唐诗

781年，诗人韦应物任滁州地方官，他经常体察民情，了解百姓疾苦，可谓难得的好官。在处理完政务后，韦应物常常漫步于城西的小河畔，一边欣赏淳朴的自然风光，一边创作诗文，其中就有这首山水名作。

偶尔，韦应物也会想起过去的自己。他出身豪门，十五岁便成了玄宗皇帝的贴身侍卫。因为少年得志，他变得格外骄纵，仗着自己的身份，干了许多坏事。

后来，韦应物之所以会改变，是因为安史之乱。自从叛军占领长安，韦应物就从贵公子变成了穷苦之人，这使他深切体会到百姓的不易。为了养家糊口，韦应物不得不振作起来，开始苦读诗书，最终在安史之乱平息后通过科举考试，做了一名地方官员。

重心一定要平稳
宽窄搭配要协调

大林寺桃花

白居易

人间°四月芳菲尽°，

山寺°桃花始°盛开。

长 恨°春归无觅°处，
（cháng）　　　　（mì）

不知°转入此中来。

背诵小贴士：带读 10 遍，独读 10 遍，背诵 5 遍，考背 5 遍。

注释

人间：指庐山下的村落。

芳菲尽：花儿都已凋谢了。

山寺：指大林寺。

始：才，刚刚。

长恨：常常惋惜。

觅：寻找。

不知：岂料，想不到。

译文

　　山下村落里的百花在四月都已凋零了，高山古寺中的桃花才刚刚盛开。我常为春光逝去无处寻觅而感到惋惜，却不知它已经转到这深山的寺庙里来了。

文老师讲唐诗

唐朝的诗人大都个性独特、风格鲜明，人们给他们取了一些特殊名号，比如李白被称为"诗仙"，杜甫被称为"诗圣"，而白居易则被称为"诗魔"。

白居易二十八岁就高中进士，是当时最年轻的一位，要知道唐朝进士极难考上，每次录取不超过30人。后来，白居易遭遇了人生中最大的挫折—被贬为江州司马（这是个没有安排具体工作的闲职，除非皇帝特赦，不然得一直在这个岗位上待着）。江州即现在的九江市，那里最有名的风景区便是庐山，大林寺就曾坐落于庐山的大林峰上。

817年四月的某一天，白居易和朋友相约来到庐山游玩，看见大林寺旁的桃花，顿时被眼前的春景所吸引，便写下了这首《大林寺桃花》。可惜的是，大林寺于1961年因兴修水利而淹没于湖中。

斜钩要有力

皿字要扁宽

鹿柴 zhài

王 维

空山不见人，

但 闻人语响。

返景 yǐng 入深林，

复 fù 照青苔 tái 上。

背诵小贴士：带读10遍，独读10遍，背诵5遍，考背5遍。

注释

鹿柴：王维辋（wǎng）川别墅中的一处著名景点。柴，同"寨"，有篱落的村墅。

但：只。

返景：同"返影"，指太阳将落时通过云彩反射的阳光。

复：又。

译文

空荡荡的山中看不见人影，只听见有人说话的声音。夕阳的余晖射入茂密的丛林，使得青苔上也映着昏黄的微光。

文老师讲唐诗

王维晚年隐居的地方叫辋川，位于西安蓝田县西南约5公里的山谷中。初唐诗人宋之问曾居住于此，王维买下了宋之问的庄园，更名为辋川别业，他不仅将其修建一新，还建造了孟城坳、文杏馆、鹿柴、竹里馆、辛夷坞等二十个园林胜景。

由于这里离终南山不远，而终南山向来是文人热衷的隐居地，王维的好友裴迪也住在那儿，所以王维并不寂寞。不用上朝的日子里，王维和裴迪或去溪边垂钓，或去牧场骑马，有时还进山砍柴。累了，他们就坐在湖畔的亭子里，一边饮酒，一边作诗。他们为辋川别业的每个景点都写了诗，其中就包括这首《鹿柴》，然后编成了一部《辋川集》。

知识拓展

唐代文人喜欢隐居在终南山，因为这里是道教圣地，很多著名隐士都待过。文人们希望靠着隐居的名声得到皇帝的青睐，从而获得官职，后来人们把这种行为称作"终南捷径"。

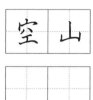

 青

疏密要得当

结构需紧凑

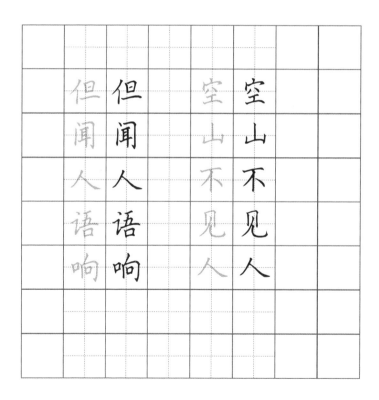

鸟鸣涧°

王　维

人闲°桂花°落，

夜静春山空°。

月出惊°山鸟，

时鸣°春涧中。

背诵小贴士：带读10遍，独读10遍，背诵5遍，考背5遍。

注释

涧：山间的小溪。

闲：安静，悠闲。

桂花：这里指的是春天盛开的木樨（xī）花。

空：空寂。形容山中寂静无声，好像空无所有。

惊：惊动，扰乱。

时鸣：时而啼叫。

译文

无人的春天只有木樨花悄然飘落，在静谧的夜色下，春日的山谷更显空寂。明月升起，惊动了山中的鸟儿，它们不时高飞鸣叫在这春天的溪涧中。

文老师讲唐诗

唐玄宗登基后，将国家治理得很好，从而创造了繁荣的社会景象。年轻的王维就是在这时来到长安求取功名的。

王维刚到长安不久，就受到不少王公贵族的青睐，但他仍然不忘和大多数文人一样，打算"读万卷书，行万里路"，江南就是他所选择的游历之地。

王维的好友皇甫岳，在江南建有一座云溪别墅（在今浙江绍兴若耶溪旁），王维常常去那里和好友游山玩水，饮酒作诗。王维为皇甫岳的云溪别墅所写的诗总共有五首，每一首写的都是不同的风景。这首《鸟鸣涧》就是其中的第一首，全诗描绘了春夜山中静谧的美景。

知识拓展

王维对佛理颇为精通，他的山水田园诗表现出高度的空灵美，流露出禅机哲理思想，凸显了诗人深厚的文化素养。所以，后人将王维称为"诗佛"。

上下结构要匀称

笔画舒展要拉长

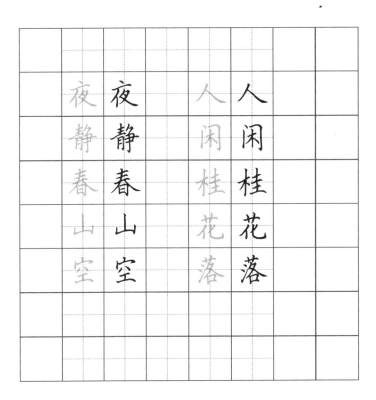

背默小天才

夜来 ☐☐ 声，花落知多少。

迟日江山丽，春风 ☐☐ 香。

两个 ☐☐ 鸣翠柳，一行白鹭上青天。

停车坐爱 ☐☐ 晚，霜叶红于二月花。

人间四月芳菲尽，山寺 ☐☐ 始盛开。

人闲桂花 ☐ ，夜静春山 ☐ 。

人在旅途

登鹳雀楼
guàn

huàn
王之涣

白日°依山尽°，

黄河入海流。

yù
欲°穷°千里目，

gèng
更°上一层楼。

背诵小贴士：带读10遍，独读10遍，背诵5遍，考背5遍。

注释

白日：太阳。

尽：消失。

欲：想要。

穷：尽，使达到极点。

更：再。

译文

太阳依傍着高山渐渐沉落，滔滔黄河向着大海奔流。如果想看遍千里风景，就请再登上更高的一层楼。

文老师讲唐诗

王之涣生活在盛唐时期，少年时为人豪爽，颇有侠士风范。到了中年，刻苦钻研诗歌，经过十年努力，终于名声大振，与高适、王昌龄、岑参一起，被誉为"四大边塞诗人"。

有天傍晚，王之涣登上鹳雀楼，举目远眺。在夕阳的照射下，中条山犹如巨龙，躺在黄河北岸。咆哮的黄河滚滚而来，流归东海。看着如此壮景，王之涣提笔写下这首《登鹳雀楼》。在大山大河面前，他终于大彻大悟，人生的追求，不能因眼前的得失而放弃，要想领略更美的境界，只有不断攀登，坚持到底。

王之涣的诗作大多遗失，只有6首留存下来，但篇篇都是经典。

知识拓展

鹳雀楼，位于山西永济市，因常有鹳雀栖息在上面而得名，始建于北周，元代初年被毁。如今的鹳雀楼是现代修建而成，与黄鹤楼、岳阳楼、滕王阁一起被称为"中国四大名楼"。

注意合理布局

左右相依相靠

望庐山瀑布

李 白

日照香炉生紫烟，
遥看瀑布挂前川。

飞流直下三千尺，
疑是银河落九天。

背诵小贴士：带读10遍，独读10遍，背诵5遍，考背5遍。

注释

香炉：指庐山香炉峰。

紫烟：指日光透过云雾，远望如紫色的烟云。

川：河流。

三千尺：用夸张的手法来形容山高。

疑：怀疑。

九天：古人认为天有九重，九天即天的最高处。这里形容瀑布落差极大。

译文

　　香炉峰在阳光的照耀下生起紫色烟霞，远远望去，瀑布像白色绢绸悬挂在山前的河流上。高崖上飞腾直落的瀑布好像有几千尺，让人恍惚以为银河从天上泻落到人间。

文老师讲唐诗

据说大唐有三绝，一是李白的诗歌，二是张旭的草书，三是裴旻（mín）的剑舞。作为盛唐最杰出的诗人，李白的诗文可谓名扬古今，但很少有人知道，李白还是一名武艺超群的剑客，曾以精湛的剑术赶走过猛虎。

人到中年后，李白不再习武，转而投身官场。尽管李白胸怀大志，渴望像管仲、诸葛亮一样，辅佐君主建功立业，但却因为一身傲骨而遭到小人排挤。后来，安史之乱爆发，李白又因卷入帝位之争而被捕入狱。与意气风发的前半生相比，李白的后半生可谓落魄至极，但他仍然不忘游侠本色，写下了许多豪气冲天的诗句。

这首《望庐山瀑布》是李白晚年游览庐山时创作的，只用很少的文字，便将庐山的壮美和瀑布的险绝展现得淋漓尽致。

火旁写瘦长

户字头扁小

	疑	疑	飞	飞		
	是	是	流	流		
	银	银	直	直		
	河	河	下	下		
	落	落	三	三		
	九	九	千	千		
	天	天	尺	尺		

夜宿山寺
sù

李 白

危楼°高百尺°，
手可摘星辰°。
zhāi chén

不敢高声语°，
恐°惊天上人。
kǒng

背诵小贴士：带读10遍，独读10遍，背诵5遍，考背5遍。

注释

危楼：高楼，这里指山顶的寺庙。

百尺：不是实数，用来形容楼很高。

星辰：天上的星星。

语：说话。

恐：唯恐，害怕。

译文

山上寺院的藏经楼真高啊，好像有一百尺，人在楼上，仿佛一伸手就可以摘下天上的星星。站在这里，我不敢大声说话，唯恐惊动天上的神仙。

文老师讲唐诗

唐朝考进士，需要资格审查，只有学馆出来的考生，或通过州县考试的考生，才能参加考试。而李白出生来历不详，自然没有考试资格，但他并未因此放弃自己的理想。

735年，唐玄宗外出打猎，李白正好经过此地，乘机献上一篇《大猎赋》，文中夸耀了大唐国土广阔、实力雄厚。只可惜，李白未得到玄宗皇帝的赏识，直到742年，由玉真公主和贺知章推荐才入宫。

可能李白这一生注定漂泊不定，不过两年多他便离开长安，又开始了漫长的游历生活。有一天夜里，他借住在深山的寺庙里，发现一座很高的藏经楼，便登了上去。在漫天闪烁的星光下，李白望着远方，不禁触景生情，写下了这首《夜宿山寺》。

日字略微扁宽

生字相对舒展

手 手

可 可

摘 摘

星 星

辰 辰

危 危

楼 楼

高 高

百 百

尺 尺

望天门山

李　白

天门中断楚江°开，
_{bì}
碧水东流至此回°。

两岸青山°相对出°，
_{fān}
孤帆一片日边来°。

背诵小贴士：带读10遍，独读10遍，背诵5遍，考背5遍。

注释

楚江：即长江。因为古代长江中游地带属楚国，所以叫楚江。

回：回旋，回转。

两岸青山：分别指东梁山和西梁山。东梁山在今安徽芜湖，西梁山在今安徽马鞍山。

出：突出，出现。

日边来：指孤舟从天水相接处驶来，远远望去，仿佛来自太阳旁边。

译文

天门山被浩荡的长江从中断开，碧绿的江水东流至此又转而向北。两岸高耸的青山隔着长江相对而立，江面上有一叶孤舟像是从太阳旁边驶来。

文老师讲唐诗

中国古代热衷旅行的诗人数不胜数，其中尤以盛唐诗人为最。譬如李白，他一生游历了大半个中国，据说总共到过206个州县，登过80多座山，游览过60多条江河川溪和20多个湖潭。

在这些山水秀美之地中，李白十分偏爱当涂（地处安徽东部、长江下游东岸）。因为南朝大诗人谢朓（tiǎo）曾居住于此，李白非常推崇谢朓的山水诗，所以自他二十五岁第一次到当涂，直至六十三岁终老当涂，38年间，李白7次来到此地，留下了50余首诗文，其中以天门山为描写对象的诗作有3首，最被人们广泛传诵的就是这首《望天门山》。

天门山，即当涂县东梁山与和县西梁山的合称。由于两山隔江相对，形势非常险要，就像一座天设的门户，因而得名"天门"。

布局要紧凑

疏密要得当

两岸青山相对出

孤帆一片日边来

望洞庭°

刘禹锡

湖光°秋月两相和°，

潭面°无风镜未磨。

遥望洞庭山水翠，

白银盘°里一青螺°。

背诵小贴士：带读10遍，独读10遍，背诵5遍，考背5遍。

注释

洞庭：即洞庭湖，位于今湖南北部。

湖光：湖面的波光。

两相和：指水色与月光相互交融。

潭面：即湖面。

白银盘：形容月光下平静的洞庭湖面。

青螺：青绿色的螺，这里用来形容洞庭湖中的君山。

译文

  洞庭湖上水色与月光交相辉映，湖面风平浪静，如同一面未打磨的铜镜。远远望去，洞庭湖的山水苍翠如墨，好似洁白的银盘里托着一枚青螺。

文老师讲唐诗

洞庭湖位于湖南北部，是全国第二大淡水湖泊。洞庭湖风光秀丽，文人们都喜欢用诗歌来描述它，如为仕途奔波的孟浩然创作了《望洞庭湖赠张丞相》，与友人泛舟的李白留下了"淡扫明湖开玉镜，丹青画出是君山"的诗句，刘禹锡则写下了这首《望洞庭》。

刘禹锡的《望洞庭》特别之处在于，他选择了月夜遥望的角度，把千里洞庭尽收眼底，抓住最有代表性的湖光和山色，轻轻着笔，通过丰富的想象、巧妙的比喻，别出心裁地把洞庭美景再现于纸上。

刘禹锡是唐朝罕见的乐天派诗人，尽管他一生中多次遭到贬谪，也从不低头妥协。有一次，刘禹锡被贬到安徽和州，被当地知县百般刁难。知县让他搬到一间只能容一床一桌一椅的小屋里，刘禹锡不但不恼，还悠然自得地写下了千古名篇《陋室铭》："山不在高，有仙则名。水不在深，有龙则灵。斯是陋室，惟吾德馨……"

起笔果断利落

收笔相对圆润

早发°白帝城

李 白

朝辞°白帝°彩云间，
千里江陵°一日还°。
两岸猿声啼不住，
轻舟已过万重山°。

背诵小贴士：带读10遍，独读10遍，背诵5遍，考背5遍。

注释

发：启程。

辞：告别。

白帝：即白帝城。

千里江陵：从白帝城到江陵（今湖北荆州）约有1200里水路，其中包括700里三峡。

一日还：一天就可以到达。

万重山：形容有很多座山。

译文

　　早晨，我告别白帝城，就要踏上归途，从江上往高处看，只见白帝城彩云缭绕，如在云间。千里之外的江陵，乘船一天就能到达。长江两岸猿猴的叫声不断，不知不觉，轻快的小船已驶过重重高山。

文老师讲唐诗

　　李白曾三次过三峡。第一次是二十四岁那年，他离开家乡四川，乘船过三峡。第二次过三峡，李白已经五十八岁，因受永王李璘牵连，被判流放夜郎（今贵州铜梓）。李白先坐船去四川，没想到刚过三峡到达白帝城，就收到被赦免的消息，他又惊又喜，随即乘船返回江陵，这才有了第三次三峡之旅。望着两岸秀丽的风光，李白心情愉悦，于是创作了这首《早发白帝城》。

　　白帝城位于重庆奉节县瞿塘峡口，这是三峡的起点。西汉末年，公孙述占领四川，自称蜀王。有一天，他来到瞿塘峡口，见这里地势险要，便在此扩建城池，取名为子阳城。后来他听说城中有口井，井里常常冒出雾气，形状很像一条白龙，他认为这是预示自己会当皇帝，便改称自己为"白帝"，将子阳城也改名为"白帝城"。

整体布局要饱满
里面两点相呼应

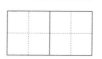

暮江吟

白居易

一道残阳铺水中，

半江瑟瑟半江红。

可怜九月初三夜，

露似真珠月似弓。

背诵小贴士：带读10遍，独读10遍，背诵5遍，考背5遍。

注释

吟：古代诗歌体裁的一种。

残阳：指晚霞。

瑟瑟：原意为碧色珍宝，这里形容未受到残阳照射的江水所呈现的青绿色。

可怜：可爱。

真珠：这里指珍珠。

译文

　　傍晚时分，快要落山的夕阳柔和地铺在江面上，在晚霞的映衬下，江水一半是碧绿的，一半是鲜红的。九月初三的夜晚是多么可爱啊，岸边草茎上的露珠像珍珠一样，而升起的新月就像一张精巧的弯弓。

文老师讲唐诗

822年，朝廷下了一道诏书，任命白居易为杭州刺史。收到诏令的白居易悲喜交加，悲的是自己的意见不被皇帝采纳，喜的是又能回到那个向往的地方。少年时代，他曾跟随父亲到过苏杭，对江南的美景一直念念不忘。

从长安到杭州一共七千余里，要耗费两个多月才能抵达目的地。尽管旅途艰辛，但白居易的心情却无比放松，他像一条重获自由的鱼，正游向渴望已久的故乡。在欣赏沿途的山水风光时，白居易创作了不少诗作，《暮江吟》就是其中之一。

到杭州上任后，白居易为百姓做了不少好事。闲暇之余，白居易还喜欢把自己的诗念给百姓听，每当有他们听不懂的地方，白居易就会立刻修改，直到他们听懂为止，所以白居易的诗大多通俗易懂，并深受百姓喜爱。

左耳旁略高

日字不要大

枫桥°夜泊°

张 继

月落乌啼霜满天°，

江枫渔火对愁眠。

姑苏°城外寒山寺°，

夜半钟声°到客船。

背诵小贴士：带读10遍，独读10遍，背诵5遍，考背5遍。

注释

枫桥：在今江苏苏州。

夜泊：夜间把船停靠在岸边。

霜满天：形容天气很冷。

姑苏：苏州的别称，因城西南有姑苏山而得名。

寒山寺：枫桥附近的一座寺庙，相传唐代僧人寒山曾住于此。

夜半钟声：唐朝时期，苏州和邻近地区的佛寺都有半夜敲钟的习俗，这叫"无常钟"或"分夜钟"。

译文

　　月亮落下去了，乌鸦不时地啼叫，天气显得格外寒冷，我站在船头，望着江边的树影以及渔船上的灯火，心里十分愁苦，甚至难以入睡。夜半时分，苏州城外的寒山寺里响起阵阵钟声，一直传到了我乘坐的客船上。

文老师讲唐诗

诗人张继从小读了很多书，很有才华，好不容易考中进士却遭遇了安史之乱。这场持续多年的战乱，改变了很多文人的命运，也包括张继。为了躲避战乱，张继乘船南下，来到当时相对安定的江南（今江苏、浙江一带）。

一个深秋的晚上，张继乘船来到苏州城外，船夫将船停在江边休息，张继怎么也睡不着，想起国家动荡不安、百姓生活悲惨、自己前途渺茫，心里十分愁苦。他来到船头，看着渔船上的灯火、江面上的小桥，耳边忽然传来寒山寺的钟声，这一切深深触动了他，于是写下这首《枫桥夜泊》。

全诗虽然只有二十八个字，却将落月、江枫、渔火、寺庙、客船等各种意象交织在一起，形成了一幅绝美的画面，使读者向往不已，而"寒山寺"和"枫桥"也因此闻名天下。

结构左小右大

布局紧凑有序

	江	江	月	月		
	枫	枫	落	落		
	渔	渔	乌	乌		
	火	火	啼	啼		
	对	对	霜	霜		
	愁	愁	满	满		
	眠	眠	天	天		

67

宿建德江°

孟浩然

移舟泊烟渚°，

日暮客°愁新。

野旷°天低树，

江清月近°人。

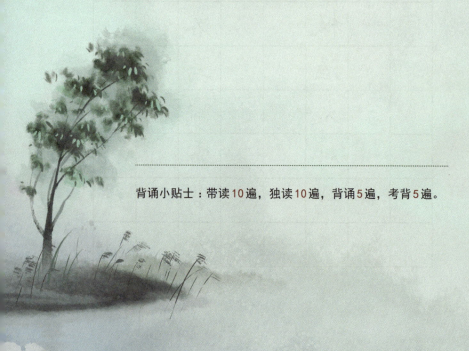

背诵小贴士：带读10遍，独读10遍，背诵5遍，考背5遍。

注释

建德江：新安江流经今浙江建德附近的一段江面。

烟渚：烟雾弥漫的小洲。渚，水中间的小块陆地。

客：指作者自己。

野旷：四野空旷。

近：亲近。

译文

　　结束了一天漫长的航程，我将船停靠在雾气笼罩的小洲旁，夕阳西下，暮色渐起，让人不禁增添了新的愁绪。放眼望去，四野空旷，远处的天空竟显得比近旁的树木还低；滔滔江水十分清澈，水中的月影反倒离船上的人更近了。

文老师讲唐诗

作为著名的山水田园派诗人，孟浩然从小就热爱自然，且向往自由的生活，所以直到中年才去长安求取功名。那时，孟浩然因擅长写诗而颇有名气，就连李白都对他推崇备至，朝中重臣王维更是与他情同手足。可惜的是，孟浩然在科举考试中屡次落榜，他感到很失望，满腔热血也渐渐变为了满腹牢骚。

其实，孟浩然本有一个能够改变命运的良机：一次他到王维府上做客，没想到遇上了玄宗皇帝。玄宗皇帝向来喜欢诗歌，便让孟浩然献诗。孟浩然念了一首《岁暮归南山》，大意是说自己没有才能，所以才没被重用，一听就是满腹的牢骚，似乎还暗含讽刺之意。玄宗皇帝听后很生气，就让孟浩然退下了。

就这样，一代大诗人孟浩然满怀失意，开始了漫游吴越之地的生活。这首诗就是他经过建德江（位于今浙江建德）时创作的。

日字整体要窄

广字充分舒展

江南春

杜　牧

千里莺啼°绿映红，
水村山郭°酒旗°风。
南朝°四百八十寺°，
多少楼台烟雨°中。

背诵小贴士：带读10遍，独读10遍，背诵5遍，考背5遍。

注释

莺啼：鸟儿啼叫。

山郭：古代在城外修筑的靠山的城墙。

酒旗：酒招子，酒馆外悬挂的旗子之类的标识。

南朝：420—589年先后建都于建康（今江苏南京）的宋、齐、梁、陈四个朝代的总称。

四百八十寺："四百八十"是虚指，形容寺院很多。

烟雨：细雨蒙蒙，如烟如雾。

译文

千里江南鸟啼声声，绿草红花相映成趣，水边的村寨和依山的城墙旁，处处可见酒旗飘动。昔日南朝留下的诸多古寺，如今都笼罩在这蒙蒙细雨之中。

文老师讲唐诗

杜牧生活的晚唐时代，奸臣干预朝政，牛李两党相争，边疆战事不断，大唐王朝已然衰败。

在这样的环境下，杜牧的仕途注定不会顺利，虽然他既有才华又有抱负，还和牛党领袖牛僧孺交好，但在政治观念上，他却主张削弱地方势力，这和牛党的死对头——李党的观念一致，所以杜牧始终得不到重用。

在一个烟雨蒙蒙的春天，杜牧来到宣州（今安徽宣城），看见南朝遗留下的众多寺庙，不禁想起那个已经覆灭的王朝，心中感慨万千，于是提笔写下了这首《江南春》。杜牧希望唐朝皇帝吸取前朝的教训，可惜他力量微薄，根本无法扭转现状。杜牧去世后七年，各地农民起义不断爆发，又过了五十年，唐王朝被彻底推翻了。

左边笔画要细长

右边撇点相呼应

背默小天才

白日依山尽，⬜⬜入海流。

飞流直下三千尺，疑是⬜⬜落九天。

两岸⬜⬜相对出，孤帆一片日边来。

湖光⬜⬜两相和，潭面无风镜未磨。

月落乌啼霜满天，江枫⬜⬜对愁眠。

野旷⬜低树，江清⬜近人。

托物言志

咏 鹅

骆宾王
luò

鹅，鹅，鹅，
曲项^{qū} 向天歌。

白毛浮绿水，
红掌拨 清波。

背诵小贴士：带读10遍，独读10遍，背诵5遍，考背3遍。

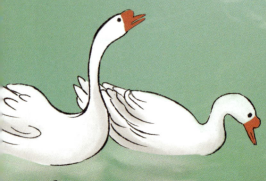

注释

曲项：弯着脖子。

歌：长鸣。

拨：划动。

译文

    一群鹅儿伸着弯曲的脖子对天歌唱。洁白的羽毛漂浮在碧绿的水面上，红色的脚掌划动着清清水波。

文老师讲唐诗

骆宾王是初唐著名诗人，和王勃、杨炯、卢照邻合称为"初唐四杰"。他一生留下的诗作中，最耳熟能详的就是这首《咏鹅》。

孩童时期，骆宾王住在义乌的一个村子里，屋外有一口池塘，每到春天，池塘边绿柳飘扬，还有成群的白鹅在池里嬉戏，远远望去，就像一幅美丽的图画，让人流连忘返。

有一天，家中有客人登门拜访，听闻骆宾王聪慧过人，就向他提了几个问题，没想到骆宾王毫不惧怕，还对答如流，客人十分惊讶。后来骆宾王去池塘边玩耍，客人也跟着去了。客人一心想再考考骆宾王，便指着池塘里的白鹅，让他作一首诗。骆宾王思索片刻，就吟出了这首《咏鹅》，客人听后连连称赞他是个神童，那时他只有七岁。就这样，小小骆宾王一举成名。

上下要对正

横画要等距

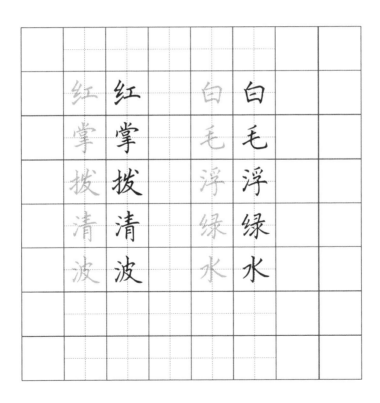

风

李　峤^{qiáo}

解落°三秋叶，

能开二月°花。

过°江千尺浪，

入竹万竿^{gān}斜°。

背诵小贴士：带读10遍，独读10遍，背诵5遍，考背5遍。

注释

解落：吹落，散落。

二月：农历二月，指春季。

过：经过。

斜：倾斜。

译文

　　能吹落秋天金黄的树叶，能吹开春天美丽的鲜花。

经过江面能掀起千尺巨浪，吹进竹林能使万竿竹子倾斜。

文老师讲唐诗

说起初唐诗人，人们首先会想到"初唐四杰"，其实还有个组合也很有名，即"文章四友"，分别是李峤、苏味道、崔融和杜审言。李峤的诗文写得很好，武则天至唐中宗时期，朝廷每每有活动，需要写文章以表后世的时候，都会让李峤来主笔，可见其文学造诣之高。

李峤并非柔弱的御用文人，他还很有胆识。唐高宗末年，岭南（今广东）一带发生叛乱，朝廷发兵征讨，李峤作为监军随行出征。到达岭南后，李峤不顾个人安危，亲自前往叛军的洞寨，进行游说招降，最终平息了叛乱。

李峤的这种胆识还体现在诗里，他创作了一百多首咏物诗，从风、雪、云、雨，到笔、墨、刀、剑，世间万物，只要你想到的，都是他描写的对象，这首《风》堪称其中的名篇。

整体不要分散

点撇捺相呼应

咏 柳

贺知章

碧玉° 妆^{zhuāng}°成一树高，
万条垂^{chuí}下绿丝绦^{tāo}°。
不知细叶谁裁^{cái}°出，
二月春风似°剪^{jiǎn}刀。

背诵小贴士：带读10遍，独读10遍，背诵5遍，考背5遍。

注释

碧玉：碧绿色的玉，用来比喻春天嫩绿的柳叶。

妆：装饰，打扮。

绦：用丝编成的绳带，这里指像丝带一样的柳条。

裁：裁剪。

似：如同，好像。

译文

　　高高的柳树长满了嫩绿的新叶，轻柔的柳枝垂下来，就像万条轻轻飘动的绿色丝带。这细细的嫩叶是谁裁剪出来的呢？原来是二月温暖的春风，它就像一把灵巧的剪刀。

文老师讲唐诗

唐代著名诗人数不胜数，若问其中谁最命好？贺知章认第二，估计没人敢认第一。贺知章属于大器晚成之人，三十六岁才高中状元，做了近50年的官。别人都是伴君如伴虎，他却一直是皇帝面前的红人，且从未被降职。

贺知章之所以这么好命，全因他情商高、性格好，还很会夸人。有一天，贺知章在长安偶遇李白，两人亲切地攀谈起来，李白请贺知章看看自己新作的诗《蜀道难》："噫吁嚱（yī xū xī），危乎高哉！蜀道之难，难于上青天……"贺知章还未读完，就激动地拍着李白的肩膀夸道："你莫不是天上下凡的谪（zhé）仙人吧！"就这样，他们成了忘年之交，李白"谪仙人"的名号也渐渐传开。

能够当李白的伯乐，贺知章的诗也写得了得。他的诗有一种清爽的气质，比如这首《咏柳》，他夸柳树既像碧绿的玉，又像一位小家碧玉。贺知章流传至今的诗作不多，仅有20首，但每首都很值得回味。

半包围结构紧凑

里面衣字要小巧

	二月	二月	不	不		
	月	月	知	知		
	春	春	细	细		
	风	风	叶	叶		
	似	似	谁	谁		
	剪	剪	裁	裁		
	刀	刀	出	出		

89

蜂

罗　隐

不论平地与山尖，

无限风光°尽被占°。

采°得百花成蜜后，

为谁辛苦为谁甜°？

背诵小贴士：带读10遍，独读10遍，背诵5遍，考背5遍。

注释

无限风光：美好的风景。

占：占有，占据。

采：采取，这里指采取花蜜。

甜：醇香的蜂蜜。

译文

　　无论是平原田野还是崇山峻岭，美好的风景都被蜜蜂占有。蜜蜂啊，你采尽百花酿成了花蜜，到底为谁付出辛苦，又想让谁品尝甘甜？

文老师讲唐诗

在唐代科举考试上，最"惨"诗人当属罗隐。罗隐一生总共考了十几次，却总是以落榜告终，史称"十上不第"，他一气之下，把本名"罗横"改为了"罗隐"。

罗隐出生于晚唐，他参加科举考试的年代，正是唐懿（yì）宗在位时期。唐懿宗只喜欢游玩和赏乐，根本无心治国，以至于官场腐败，当时通过科举考试的人，多是官宦子弟。而罗隐出身寒门，虽有文采，却无任何门道，再加上性格耿直，遇上不平事，总是写些讽刺之作，自然不受欢迎。

有一年冬天，长安下了场大雪，官员们为了讨好皇上，都说"瑞雪兆丰年"，罗隐却作诗道："长安有贫者，为瑞不宜多。"他想提醒那些官员，长安城里有很多穷苦百姓，丰年又如何？沉重的赋税，已经压得他们喘不过气来。后来，他又写下这首《蜂》，用来讽刺那些抢夺百姓劳动成果的人。

上部点与撇相对立

下部竖弯钩要挺拔

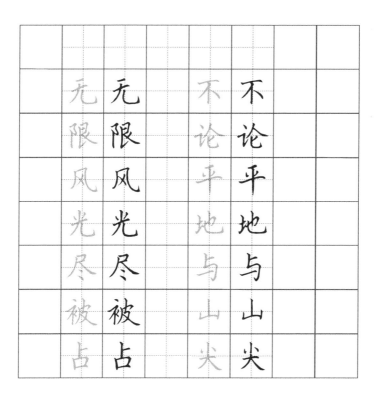

蝉

虞世南 (yú)

垂绥(ruí)饮清露°，
流响°出疏桐(tóng)。

居高声自远，
非是藉(jiè)秋风。

背诵小贴士：带读10遍，独读10遍，背诵5遍，考背5遍。

注释

垂绥：古时帽带打结后下垂的部分。蝉的头部伸出的触须，形状与其有些相似。

清露：纯净的露水。古人以为蝉是喝露水生活的，其实是刺吸植物的汁液。

流响：指连续不断的蝉鸣声。

藉：凭借。

译文

蝉垂下像帽带一样的触角，吸吮着清澈甘甜的露水，声音从稀疏的梧桐树枝间传出。蝉鸣声传得很远是因为蝉居住在高树上，而不是依靠秋风。

文老师讲唐诗

唐太宗曾说过，德行、忠直、博学、文辞、书翰这"五绝"，一个人只要有其中"一绝"，便可以称为名臣，而虞世南却"五绝"俱全。绝，是登峰造极的意思。

虞世南出生于动乱时代，经历过南陈、隋、唐三朝，在唐朝被授予弘文馆学士时，已过花甲之年。他博学多才，为人正直。在书法上，更是得到王羲之后人的真传，和欧阳询、褚（chǔ）遂良、薛稷（jì）一起被称为"初唐四大家"。而唐太宗可是王羲之的超级粉丝，自然对虞世南青睐有加。

有一天，唐太宗起了雅兴，邀请众学士共赏宫中美景，谈诗论画。唐太宗询问大家，是否有新的诗歌作品。只见虞世南沉思片刻，便吟诵出这首《蝉》，众人听罢，纷纷赞赏不已。

虞世南用蝉作比喻，告诉人们一个道理：品德高尚的人，不需要凭借外力的帮助，自能声名远播。

注意间距相等

书写横长不一

流响出疏桐

垂緌饮清露

赋得古原草送别

白居易

离离◦原上草，一岁一枯荣◦。

野火烧不尽，春风吹又生。

远芳◦侵◦古道，晴翠◦接荒城。

又送王孙◦去，萋萋◦满别情。

背诵小贴士：带读 15 遍，独读 15 遍，背诵 10 遍，考背 5 遍。

注释

离离：青草茂盛的样子。

荣：茂盛。

远芳：草香远播。芳，指野草那浓郁的香气。

侵：侵占，长满。

晴翠：草原明丽翠绿。

王孙：本指贵族后代，这里指远方的友人。

萋萋：形容草木长得茂盛的样子。

译文

原野上那些茂盛的青草，每年都会枯萎而后繁盛。就算大火焚烧也无法烧尽，春风一吹它又蓬勃生长。芳草的清香弥漫在古老的官道上，阳光下翠绿的草色，连接着荒凉的旧城。我又在这里送友人远去，那些繁茂的青草，恰似满满的离别之情。

文老师讲唐诗

唐代文人想求取功名，通常有两种方法：一是参加科举考试，进士及第以后，还要参加吏部考试，合格的人，才能授予官职。二是将自己的得意之作写在卷轴上，呈献给当朝的高官或名士，只要得到他们的认可，就会推荐给负责科举考试的考官，而且推荐人的官阶越高、名气越大，考取的可能性就越大，名次也会越靠前。这种行为被称为"行卷"，在唐代十分盛行，比如白居易，就曾因"行卷"而获得赏识。

十六岁那年，白居易来到长安，他带着自己的诗作，去拜见大名士顾况。顾况看见诗作上他的名字，便打趣道："长安米贵，居住不易啊！"接着，顾况读起了这首《赋得古原草送别》，还没读完便连声叫好，白居易因此名震长安。而那句"长安米贵"也流传下来，成了形容物价昂贵的成语。

上下结构要等距

一撇一捺要舒展

春	春		野	野		
风	风		火	火		
吹	吹		烧	烧		
又	又		不	不		
生	生		尽	尽		

白毛浮绿水，红掌拨 ☐☐ 。

过江千尺 ☐ ，入竹万竿 ☐ 。

不知细叶谁裁出，二月 ☐☐ 似剪刀。

采得 ☐☐ 成蜜后，为谁辛苦为谁甜？

垂绥饮 ☐☐ ，流响出疏桐。

☐☐ 烧不尽，春风吹又生。

与君离别

赠汪伦

李　白

李白乘舟将欲行，
忽闻岸上踏歌°声。
桃花潭°水深千尺°，
不及°汪伦送我情。

背诵小贴士：带读 **10** 遍，独读 **10** 遍，背诵 **5** 遍，考背 **5** 遍。

注释

踏歌：唐朝民间流行的歌舞形式，一边唱歌，一边用脚踏地打节拍，可以边走边唱。

桃花潭：位于今安徽泾（jīng）县以西40公里处。

深千尺：运用了夸张的写法，用潭水深千尺比喻李白与汪伦的友情。

不及：不如。

译文

李白乘着小船将要离别远行，忽然听见岸上传来踏歌之声。桃花潭水即使深至千尺，也比不上汪伦送我之情。

文老师讲唐诗

汪伦是唐朝泾州（今安徽泾县）人，他喜欢结交名士，尤其崇拜诗坛大明星李白。一天，汪伦听闻李白正在附近游历，他想邀请偶像来自己家里，便写了这样一封信："先生喜欢游玩赏景吗？我们这里有十里桃花。先生喜欢喝酒吗？我们这里有万家酒店。"

李白平生有两大爱好，一是旅游，二是喝酒。接到这样的信，便很高兴地去了。他一见到汪伦，便要去看"十里桃花"和"万家酒店"。汪伦微笑着说："不好意思，桃花其实是潭水的名字。万家呢，是酒店店主的姓，并不是有一万家酒店。"李白听了，大笑起来。在汪伦的盛情款待下，李白过得很开心，他们也成了知己好友。

转眼李白就要乘船离开，汪伦依依不舍地在岸边唱歌、跳舞，为李白送行。如此深厚的情谊，让李白感动不已，于是写下了这首经典的送别诗。

整体形态饱满

横折钩要有力

别董大

高　适

千里黄云°白日曛°，

北风吹雁雪纷纷。

莫愁前路无知己，

天下谁人°不识君°？

背诵小贴士：带读10遍，独读10遍，背诵5遍，考背5遍。

注释

黄云：在阳光下，乌云是暗黄色的，所以叫黄云。

白日曛：太阳黯淡无光。曛，昏暗。

谁人：哪个人。

君：你，这里指董大。

译文

千里乌云遮天蔽日，使得天色格外昏暗，北风吹着雁儿往南飞去，大雪纷纷扬扬。不要担心前路茫茫没有知己，普天之下还有哪个人不知道你呢？

文老师讲唐诗

　　高适是唐朝著名的边塞诗人，与岑参（Cén Shēn）并称为"高岑"。和其他诗人相比，高适的成名之路走得异常艰难，他曾几次参加科举考试，均以失败告终。后来他决定去塞外建功立业，可惜几年的从军生活也未能让他实现自己的理想，倒是写了不少边塞诗，渐渐有了点名气。

　　有一年冬天，高适与好友董大重逢。身为有名的琴师，董大曾做过宰相房琯（guǎn）的门客，因房琯被罢官而被迫离开，如今正四处流浪。面对好友的遭遇，高适感同身受。两人分别时，高适写下了这首《别董大》，他希望借此鼓励好友，"莫愁前路无知己，天下谁人不识君？"

　　五十岁之后，高适的命运终于迎来转机。他在安史之乱和平定永王的战斗中立下赫赫战功，从此一路晋升，最终被封为渤海县侯。

莫愁　 知己

 愁

结构布局要合理

上下点撇相呼应

天下谁人不识君　　莫愁前路无知己

芙蓉楼[◦] 送辛渐
fú róng

王昌龄

寒雨连江夜入吴[◦]，

平明[◦]送客楚山[◦]孤。

洛阳亲友如相问，

一片冰心[◦]在玉壶[◦]。

背诵小贴士：带读10遍，独读10遍，背诵5遍，考背5遍。

注释

芙蓉楼：故址在今江苏镇江北，下临长江。

吴：古代国名，这里指江苏镇江一带。

平明：天刚亮。

楚山：泛指长江中下游北岸的山。长江中下游北岸在古代属于楚地范围。

冰心：像冰一样晶莹、纯洁的心。

玉壶：多用来比喻道德情操的高尚。

译文

寒冷的夜雨笼罩了吴地的江面，清晨送别好友后，只留下楚山孤独的身影。到了洛阳，如果亲朋好友问起我，请转告他们，我的心依然像玉壶里的冰一样晶莹、纯洁。

文老师讲唐诗

在群星璀璨的唐代诗坛上，王昌龄被誉为"诗家夫子""七绝圣手"。七绝又叫七言绝句，即一首诗四句，每句七个字，和五言绝句一样，都是古诗的一种体裁。在王昌龄的七绝诗中，最出名的是边塞诗。此外，他还创作了不少送别诗。

737年，王昌龄因得罪李林甫一党被贬到岭南，后来又分配到江宁（今南京），当个芝麻小官。在去江宁就职的路上，王昌龄遇到了好友辛渐，辛渐正要离开吴楚之地，返回洛阳，两人在芙蓉楼道别，王昌龄因此写下这首著名的送别诗。

尽管屡次遭贬，王昌龄却依然热爱生活，热爱朋友，想到洛阳的好友会为自己担心，他连忙宽慰大家，甚至以"冰心""玉壶"来自喻，体现了他光明磊落的品格以及对朋友的真挚情谊。

上面士字要扁宽

下面布局要协调

送元二使安西°

王 维

渭城° 朝雨浥° 轻尘，
客舍° 青青柳色新。
劝君更尽° 一杯酒，
西出阳关° 无故人。

wèi　　zhāo　　yì

背诵小贴士：带读10遍，独读10遍，背诵5遍，考背5遍。

注释

安西：唐代安西都护府的简称，在今新疆维吾尔自治区库车附近。

渭城：秦时咸阳古城，汉代改称渭城，在今陕西西安西北。

浥：湿润，沾湿。

客舍：驿馆。

更尽：再喝完。

阳关：古代通往西域的要道，位于今甘肃敦煌西南方。

译文

　　渭城的早晨，一场春雨沾湿了路上的轻尘，驿馆周围的翠柳显得格外清新。请你再干一杯饯别酒，出了阳关向西行去，就再难见到老朋友了。

文老师讲唐诗

王维的朋友很多，因为他对待朋友总是坦诚相见。与朋友离别时，也会写诗来送行，其中流传最广的，莫过于这首《送元二使安西》。元二又叫元常，因在家族兄弟中排行第二，故被称为"元二"。

元二奉朝廷之命，要去安西都护府执行公务。为了守卫边疆，朝廷设立了好几个都护府，安西都护府是其中之一。王维和元二非常要好，见他要远行，便一路相送，从长安到渭城，送了近20公里，可见他们的情谊之深。

渭城是去往西域的必经之地，王维在此设宴，为元二送别。这次分开，王维也不知何日才能再见好友，只能劝他干了这杯酒，又写下这首送别诗，来抒发离别之情。

值得一提的是，诗中"柳"与"留"同音，有挽留之意。古代有"折柳送别"的习俗，所以，诗人多用"柳"来代表离别。

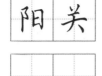

车作偏旁要细长
横撇点画收笔齐

黄鹤楼送孟浩然之广陵

李 白

故人°西辞°黄鹤楼，

烟花三月下°扬州。

孤帆远影碧空尽°，

唯见°长江天际流°。

背诵小贴士：带读10遍，独读10遍，背诵5遍，考背5遍。

注释

故人：老朋友，这里指孟浩然。

辞：辞别。

下：顺流向下而行。

碧空尽：消失在碧蓝的天际。

唯见：只看见。

天际流：流向天边。

译文

　　老朋友告别了黄鹤楼，乘船向东而去，在柳絮如烟、繁花似锦的三月去扬州远游。帆影渐渐消失于水天相接处，只见滚滚长江水向天际奔流。

文老师讲唐诗

李白这一生所仰慕的人，除了南朝山水诗人谢朓，还有同样以山水诗闻名的孟浩然。两人相识前，孟浩然虽无官无禄，却已声名远播，而李白只是个小有名气的年轻人，对孟浩然这位大前辈，自是心怀崇敬。

李白在湖北游历时，听闻孟浩然在鹿门山隐居，便欣然前去拜访。两人志趣相投，一见如故，尽管孟浩然比李白年长十几岁，却并不妨碍他们成为知己。

这年春天，李白得知孟浩然要去广陵（今江苏扬州），便相约于黄鹤楼见面，并设宴为他送行。当时，大唐正值开元盛世，从黄鹤楼顺着长江而下，一路皆是繁华美景。李白知道广陵是个好地方，可惜他有事不能同行，只好站在黄鹤楼上，眺望渐行渐远的小船。一时间，百感交集，便写下这首传诵千年的送别诗。

左边结构要紧凑

右边三撇要等距

 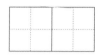

唯	唯	孤	孤		
见	见	帆	帆		
长	长	远	远		
江	江	影	影		
天	天	碧	碧		
际	际	空	空		
流	流	尽	尽		

背默小天才

桃花潭水深千尺，不及 ☐☐ 送我情。

☐☐ 前路无知己，天下谁人不识君？

洛阳亲友如相问，一片 ☐☐ 在玉壶。

劝君更尽一杯酒，西出阳关无 ☐☐ 。

孤帆 ☐☐ 碧空尽，唯见长江天际流。

塞外风云

出塞 _{sài}

王昌龄

秦时明月汉时关，
万里长征人未还。
但使°龙城飞将°在，
不教°胡马°度阴山°。

背诵小贴士：带读10遍，独读10遍，背诵5遍，考背5遍。

注释

但使：只要。

龙城飞将：西汉名将李广。这里泛指英勇善战的将领。

教：让，使。

胡马：指侵扰中原的北方游牧民族骑兵。

阴山：位于内蒙古中部地区，由一系列东西走向的山峰组成，横贯绥（suí）远、察哈尔及热河北部，是我国北方的重要屏障。

译文

秦汉以来，明月就是这样照耀着边塞，离家万里的将士很多没有回来。只要李广这样的名将如今还在，一定不会让敌人的骑兵越过阴山。

文老师讲唐诗

边塞诗又名出塞诗，以塞外风光和军民生活为题材，起源于汉魏六朝时期，到了唐代则发展到极致。以王昌龄、高适、岑参、王之涣为代表的诗人，创作了大量边塞诗。

都说创作来源于生活，王昌龄也是如此。虽然他生活在盛唐时期，但边疆的战火却从未停息。唐玄宗为此进行了改革，除招募士兵永久驻扎在边境外，还鼓励文人从军。那些没有考取进士的文人，只要建立军功，便可得到入朝为官的机会，于是文人从军的热情大涨。王昌龄也想参军，二十七岁那年他远赴边关，亲身经历了漠北的苦寒。

尽管王昌龄没能如愿取得军功，但他写下的边塞诗，却为他迎来了人生中的高光时刻。唐代以前的边塞诗只有两百首，在王昌龄之后，边塞诗得以迅猛发展，仅唐代就有两千余首。王昌龄的这首《出塞》，被后世誉为"压卷之作"。

左右分布要均匀
月字两横要等距

	不		但		
	教		使		
	胡		龙		
	马		城		
	度		飞		
	阴		将		
	山		在		

塞下曲

卢　纶 (lún)

月黑° 雁飞高，

单于° (chán) 夜遁° (dùn) 逃。

欲将轻骑° (jiāng) 逐，

大雪满° 弓刀。

背诵小贴士：带读10遍，独读10遍，背诵5遍，考背5遍。

注释

月黑：没有月光。

单于：匈奴的首领。这里泛指侵扰唐朝的游牧民族首领。

遁：逃走。

轻骑：轻装快速的骑兵。

满：沾满。

译文

暗淡的月夜里，一群大雁惊叫着高飞而起，暴露了敌军首领想趁夜色潜逃的企图。将军想要率领轻骑兵去追击，顾不得漫天的大雪已落满弓和刀。

文老师讲唐诗

　　《塞下曲》是边塞地区的一种军歌，源自汉代乐府。乐府是专门管理音乐的机构，负责收集、整理民间歌谣或文人的诗来配乐，以备朝廷祭祀或宴会时演奏之用。由于汉代边塞诗数量不多，所以也没有多少歌词流传下来。直到唐代，很多文人去从军，都以《塞下曲》为题来创作边塞诗，如王昌龄、高适、卢纶、李益等，其中以卢纶的诗流传最广。

　　作为"大历十才子"之一，卢纶一生执着于科举考试，却一再失利。好在他人缘不错，有位朋友是军中名将，特别欣赏卢纶，便把他招入幕府，从此，卢纶开始了长达十年的军旅生活。

　　这期间，卢纶写了大量反映边塞生活的诗，包括六首《塞下曲》，这里介绍的是第三首，他用动静结合的手法，将战场上的紧张氛围渲染得淋漓尽致。卢纶的边塞诗，为中唐诗坛增添了一抹刚健的色彩。

布局疏密要得当

四点间距要相等

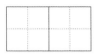

		单	单	月	月		
		于	于	黑	黑		
		夜	夜	雁	雁		
		遁	遁	飞	飞		
		逃	逃	高	高		

从军行○

王昌龄

青海长云○暗雪山，

孤城遥望玉门关○。

黄沙百战穿○金甲，

huán
不破楼兰○终不还。

背诵小贴士：带读10遍，独读10遍，背诵5遍，考背5遍。

134

注释

从军行：乐府曲名，内容多写边塞情况和战士的生活。

长云：层层浓云。

玉门关：古代重要的军事要塞，位于今甘肃省敦煌市西北。

穿：磨破。

楼兰：汉时西域国名，即鄯（shàn）善国，在今新疆鄯善县东南一带。这里泛指西域地区的各部族政权。

译文

青海湖上浓云密布，遮得连绵雪山一片黯淡，边塞古城，玉门雄关，远隔千里，遥遥相望。黄沙万里，身经百战，哪怕磨破了身上的铠甲，将士们依然斗志昂扬，不打败进犯之敌，誓不返回家乡。

文老师讲唐诗

724年，黄沙漫天、旌旗飘扬的大漠边关，迎来了一位年轻的诗人，他就是王昌龄。他一路马不停蹄，先出玉门关，再到碎叶城，那是盛唐西部最遥远的边界，唐三藏去西天取经时也曾路过此地，出了碎叶城，再往西就是人迹罕至的沙漠了。

王昌龄怀着保家卫国的理想，渴望在此建立军功。他未能像高适那样，成为边关将领的幕僚。虽然理想没有实现，但王昌龄并非一无所获。这些日子里，他看到烽火狼烟，听到战鼓齐鸣，一群群不畏生死的将士浴血疆场。经年的征战，使得他们的盔甲已被磨破，但壮志依然未改，不把敌人彻底打败，绝不返回家乡。王昌龄被深深震动了，原来有这么多将士，在千里之外守护着大唐，于是他挥毫写下这首《从军行》。

横折左右要等距

最后竖画居中心

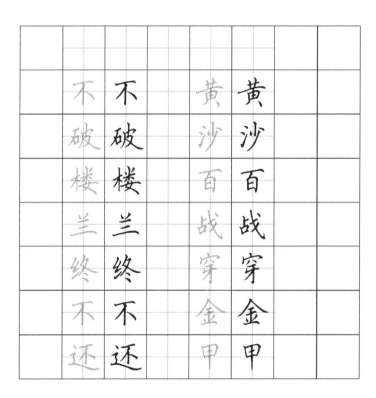

凉州词

王之涣

黄河远上°白云间，

一片孤城°万仞°山。

羌笛°何须怨杨柳°，

春风不度°玉门关。

背诵小贴士：带读10遍，独读10遍，背诵5遍，考背5遍。

注释

黄河远上：远望黄河的源头。

孤城：孤立的城寨或城镇，这里指玉门关。

仞：古代的长度单位，一仞相当于七尺或八尺，一尺约等于今天的23.1厘米。

羌笛：一种横吹式管乐，是唐代边塞的常见乐器。

杨柳：指的是《折杨柳》的曲调。古人常用杨柳暗喻离别。

度：吹到过。

译文

举目远望，黄河好像从白云间奔流而来，玉门关孤独地耸立在高山中。何必用羌笛吹起那哀怨的《折杨柳》，去埋怨春光迟迟不来呢，原来玉门关一带春风是吹不到的啊！

文老师讲唐诗

　　盛唐时期，唐玄宗大力提倡发展音乐，有位节度使为投其所好，从西域搜集了许多乐曲，进献给玄宗皇帝。其中有位创作者是龟兹（Qiūcí）国王，他爱好音乐，从大山的风声、水声中得到灵感，将其谱写成曲，一时间风靡西域。唐玄宗听罢大赞，连忙让乐师改编成唐朝曲谱，再以乐曲产生的地名来命名，从而形成了"凉州曲""伊州曲""瓜州曲"等十多首乐曲。

　　这些乐曲在民间大受欢迎，诗人们纷纷写诗当作唱词。很多诗集里，都有以"凉州词""伊州词"或"瓜州词"为题的诗歌。王之涣的这首《凉州词》，就是为"凉州曲"谱写的"歌词"。在王之涣仅存的六首诗作中，就有两首《凉州词》，而传唱度最高的，还是这句"羌笛何须怨杨柳，春风不度玉门关"。

上面布白要均匀

下面落笔要舒展

	春	春		羌	羌	
	风	风		笛	笛	
	不	不		何	何	
	度	度		须	须	
	玉	玉		怨	怨	
	门	门		杨	杨	
	关	关		柳	柳	

141

背默小天才

但使龙城 ☐☐ 在，不教胡马度阴山。

月黑雁飞高，☐☐ 夜遁逃。

欲将轻骑逐，大雪满 ☐☐ 。

黄沙百战穿 ☐☐ ，不破楼兰终不还。

羌笛何须怨杨柳，春风不度 ☐☐ 关。

雅趣生活

画

王 维

远看山有色°，

近听水无声。

春去°花还在，

人来鸟不惊°。

背诵小贴士：带读10遍，独读10遍，背诵5遍，考背3遍。

注释

色：颜色，也有景色的意思。

春去：春天过去。

惊：吃惊，害怕。这里指的是鸟受惊飞起。

译文

　　在远处可以看见山有青翠的颜色，在近处却听不到流水的声音。春天过去了，但花儿还是常开不败，人走近了，枝头上的鸟儿却没有受惊飞起。

文老师讲唐诗

　　王维是唐代少有的全能艺术家，集诗人、画家、音乐家、书法家、佛学家等多种身份于一身，其中以写诗、作画的本领最高。连宋代诗人苏轼都说："看王维的诗，好像在欣赏一幅画；看王维的画，就仿佛在读他的诗。"可见，王维的诗与画已融为一体，并达到了"诗中有画，画中有诗"的境界，比如他写的这首《画》。

　　全诗没有一个"画"字，却写出了画的特点：山是有颜色的，水却没有声音；哪怕春天过去，画里依然有鲜花盛开；哪怕有人走近，鸟儿也不会受到惊吓。山、水、花、鸟，这些画中的形象，被描绘得格外生动，让人感觉像是置身于大自然一样。此外，王维不仅喜欢写诗，还擅长绘制山水画，并开创了独特的水墨画风。

上面三横要等距

下面日字要小巧

池 上

白居易

小娃撑小艇^{chēng}，
偷采白莲回。
不解藏踪迹^{cáng}，
浮萍一道开。

背诵小贴士：带读10遍，独读10遍，背诵5遍，考背5遍。

注释

艇：船。

白莲：白色的莲花。

不解：不知道，不懂得。

踪迹：指被小船划开的浮萍。

浮萍：一种水生植物，叶子呈椭圆形，浮在水面，下面有须根，夏季开白花。

译文

一个小孩撑着小船，偷偷地采了白莲回来。他不知道怎么掩藏踪迹，水面的浮萍上留下了一条船儿划过的痕迹。

文老师讲唐诗

806年，刚入官场三年的白居易通过了一次晋级考试，被提拔为左拾遗。这个官职的主要任务，就是向皇帝提建议。

当时的百姓都过得很穷，即使种地，也要交税，还有一些贪婪的官员剥削他们的血汗钱，所以常有人被饿死。白居易提出建议，应减免税收，让百姓的日子好过一点，没想到却因此得罪了不少官员，后来遭人诬陷，被贬为江州司马。

直至唐宪宗去世，白居易才被调回长安，但他已经灰心失望，不想再待在长安，于是选择去洛阳定居。

白居易在洛阳度过的晚年生活是惬意的，他常常和朋友们一起饮酒作诗。有一天闲来无事，白居易在池塘边散步，忽然看见一个天真的孩童，偷偷划船去池中采摘白莲，那模样十分可爱。白居易心有所感，便写下了这首《池上》。

左边笔意要相连

右边疏密要得当

		浮萍	浮萍	不解	不解		
		萍一	萍一	解藏	解藏		
		一道	一道	藏踪	藏踪		
		道开	道开	踪迹	踪迹		
		开	开	迹	迹		

寻隐者不遇

贾岛

松下问童子°，

言°师采药去。

只在此山中，

云深°不知处°。

背诵小贴士：带读10遍，独读10遍，背诵5遍，考背3遍。

注释

童子：没有成年的学童，这里指隐士的弟子、学生。

言：回答，说。

云深：山上的云雾很浓。

处：行踪，所在。

译文

　　苍松下，我询问年少的学童，师父在哪儿？他说，师父去山里采药了。他还说，就在这座大山里，可山中云雾缭绕，也不知道师父到底在哪儿。

文老师讲唐诗

唐代是诗歌发展的黄金时期，诗人多得像天上的星星，但能冠以"诗X"名号的却不多，如"诗仙"李白、"诗圣"杜甫、"诗佛"王维、"诗魔"白居易，等等。贾岛也是其中一个，被称作"诗奴"。

这个名号听起来很奇怪，但其实是一种尊称，因为贾岛每写一首诗，都要花很长时间，写好了还要修改字词，直至完美。正是这种苦心推敲的精神，使他成了"苦吟派"诗人的代表。

贾岛还有另外一个身份，就是僧人。小时候家里太穷，他经常挨饿，只好出家，因为当和尚有个好处，就是不管走到哪儿，都能去寺院混口饭吃。贾岛在寺院修行时，也不忘写诗，其中就有了这首《寻隐者不遇》。他反复推敲，采用问答的形式，把寻不到隐者的焦急心情描绘得淋漓尽致。

左边部首要细长

右边撇捺相对立

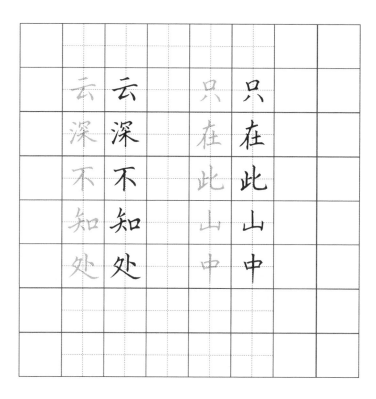

小儿垂钓

胡令能

蓬头稚子◦学垂纶◦，
（zhì）

侧坐莓苔◦草映◦身。
（méi）

路人借问◦遥招手，

怕得鱼惊不应◦人。
（yìng）

背诵小贴士：带读10遍，独读10遍，背诵5遍，考背5遍。

注释

稚子：年龄小的、懵懂的孩子。

垂纶：钓鱼。纶，钓鱼用的丝线。

苔：苔藓植物。

映：遮映。

借问：向人打听。

应：回应，答应，理睬。

译文

　　一个头发蓬乱的小孩正在学垂钓，他侧身坐在青苔上，绿草掩映着他的身影。遇到有人问路，他老远就摆摆小手，因为不敢大声应答，唯恐鱼儿被吓跑。

文老师讲唐诗

胡令能生活在中唐时期，他以修补锅碗盆缸为生，人称"胡钉铰"。虽然一天到晚修修补补，日子还算过得去，但他一直有个梦想，就是成为诗人。所以一有空闲，他就拼命读书。

有天晚上，胡令能正在酣睡，忽然梦见一位仙人来到床边，剖开他的肚子，将一卷书放了进去……第二天早上，胡令能醒来，顿觉神清气爽，他一口气写了好几首诗，之后更是创作灵感不断。

有当地官员得知此事，特意前来拜访，还推荐胡令能去做官，胡令能却谢绝了，他想像陶渊明一样，做个真正的隐士，从写诗中获得快乐。

后来，他写下了成名作《小儿垂钓》，全诗只有28个字，却从形、神两方面，生动刻画了小孩钓鱼的可爱样子。这首诗也为唐诗的发展，打开了一扇"童趣"之门。

上面草头要扁宽

下面字形要饱满

采莲曲

王昌龄

荷叶罗裙°一色裁°，

芙蓉°向脸两边开。

乱入池中看不见，

闻°歌始°觉有人来。

注释

罗裙：用细软的丝绸做成的裙子。

一色裁：像是用同一颜色的衣料剪裁的。

芙蓉：这里指荷花。

闻：听见。

始：才。

译文

　　碧绿的荷叶与采莲姑娘的衣裙，像是用同一种布料裁剪而成，出水的荷花正朝着采莲姑娘的脸庞盛开，好像在比美。我竟分不清哪是绿叶红花，哪是采莲姑娘的绿裙娇颜，直到听见歌声，才发觉是有人来采莲。

文老师讲唐诗

《采莲曲》来自汉代乐府，本是女子采莲时所唱的歌，曾在江南一带流行。诗人们喜欢听《采莲曲》，更爱写采莲诗。最早描写采莲生活的诗，是一首汉代乐府诗，名为《江南》："江南可采莲，莲叶何田田，鱼戏莲叶间……"

到了唐代，以《采莲曲》为题写诗成了一种时尚，很多诗人都写过，如李白、白居易、王昌龄等。别看王昌龄是边塞诗人，他的采莲诗也写得很好。

盛夏的一天，王昌龄来到池边赏荷，只见一群美丽的少女穿着碧绿的衣裙，划着小船，一边采摘着莲蓬，一边欢快地唱歌，在荷花的映衬下，她们的面容显得格外娇艳。王昌龄被这幅画面深深吸引，于是写下了这首《采莲曲》。诗人笔下的采莲姑娘，就像荷塘里的精灵，带给读者无限想象。

罗

上部四要扁宽平正

下部横撇舒展有力

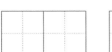

芙	芙	荷	荷			
蓉	蓉	叶	叶			
向	向	罗	罗			
脸	脸	裙	裙			
两	两	一	一			
边	边	色	色			
开	开	裁	裁			

过故人庄

孟浩然

故人具◦鸡黍◦，邀我至田家。

绿树村边合，青山郭◦外斜。

开轩◦面场圃◦，把酒话桑麻◦。

待到重阳日◦，还来就菊花◦。

背诵小贴士：带读10遍，独读15遍，背诵10遍，考背5遍。

注释

具：准备。

鸡黍：鸡和黄米饭，指农家待客的丰盛饭菜。

郭：古代城墙有内外两重，内为城，外为郭。这里指村庄的外墙。

轩：窗户。

话桑麻：闲谈农事。桑麻，桑树和麻，这里泛指庄稼。

重阳日：指农历九月初九。古人在这一天有登高、饮菊花酒的习俗。

就菊花：指饮菊花酒，也有赏菊的意思。

译文

老朋友准备了丰盛的饭菜，邀请我到他家做客。只见翠绿的树林环绕着村落，苍青的高山屹立在城外。推开窗户，面对打谷场和菜园，我们一边喝酒，一边闲谈。等到九九重阳节到来时，我一定再来这里喝酒、赏菊。

文老师讲唐诗

孟浩然是盛唐有名的诗人，山水田园诗写得很好，他有几个外号。有人叫他"孟襄阳"，因为他是襄阳人；还有人叫他"孟山人"，因为在唐代，他是第一个大量写山水田园诗的人，又经常隐居山林。

其实，孟浩然也想做官，在经过几次求官失败后，他终于发现，有诗有酒的田园生活，才是最适合他的。于是他回到老家，一边隐居，一边写诗，日子过得逍遥又自在。

这期间，孟浩然写了很多诗，他很擅长借山水田园、花草树木等景色，来抒发自己的感情。比如这首《过故人庄》，是孟浩然去朋友家做客时写的。它表达了孟浩然对朋友的真挚情谊，也不愧为山水田园诗中的精品之作。

知识拓展

古诗中，每句诗末尾字的韵母要相同，这些字被称为"韵脚"，比如"家""斜""麻""花"就是韵脚，在古代都属于麻韵"a"，所以"斜"要读"xiá"。语音经过发展，发生了变化，现在"斜"字的读音为"xié"。

以竖为中心
横画要等距

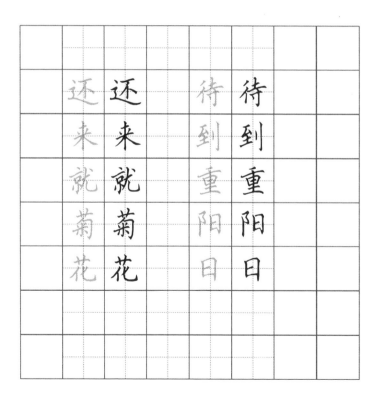

待到重阳日

还来就菊花

背默小天才

春去花还在，人来鸟□□。

小娃撑□□，偷采白莲回。

只在此山中，□□不知处。

□□稚子学垂纶，侧坐莓苔草映身。

荷叶□□一色裁，芙蓉向脸两边开。

待到重阳日，还来就□□。

传统节日

寒食°

韩翃°

春城°无处不飞花，

寒食东风御柳°斜。

日暮汉宫°传蜡烛°，

轻烟散入五侯°家。

背诵小贴士：带读10遍，独读10遍，背诵10遍，考背5遍。

注释

寒食：寒食节，在冬至后的第105天，清明节前1~2天，节日期间不能生火做饭只吃冷食，所以叫寒食。

春城：春日的京城。

御柳：皇城里的柳树。

汉宫：这里用汉代皇宫来指唐代皇宫。

传蜡烛：寒食节禁火，但朝廷传赐蜡烛给公侯之家，受赐的可以点火。

五侯：这里指天子宠幸之臣。

译文

　　春日的长安城里，柳絮到处飞舞，寒食节的东风，将京城里的柳树都吹斜了。夜色降临，宫里忙着用蜡烛传递"新火"，蜡烛的轻烟都散入了王侯宠臣的家里。

文老师讲唐诗

唐代节日众多，其中元日（农历正月初一）、冬至（一般在农历十一月）放假时间最长，为7天。寒食和清明一起，本来放假4天，后来也改为7天，可见唐代人对寒食节有多重视。

在寒食节，人们不仅要禁火，连火种都要灭掉，到了清明节早上，再重新用新火。唐代每年参与钻木取火的人很多，谁先钻得火并把火种献给皇帝，就可以得到重赏。然后，皇帝会举行"赐火"典礼，将新取得的火种，赐给重要的大臣。

很多诗人都在诗里写过"赐新火"的习俗，而最让人印象深刻的，就是韩翃的这句"日暮汉宫传蜡烛，轻烟散入五侯家"。寒食节普天之下一律禁火，皇帝却命人用蜡烛点上"新火"，赐给宠幸之臣，足见对他们的恩宠。

一撇一捺要有力

上下疏密要得当

	轻	轻		日	日		
	烟	烟		暮	暮		
	散	散		汉	汉		
	入	入		宫	宫		
	五	五		传	传		
	侯	侯		蜡	蜡		
	家	家		烛	烛		

173

清　明

杜　牧

清明时节雨纷纷，
路上行人欲断魂。

借问酒家何处有？
牧童遥指杏花村。

背诵小贴士：带读10遍，独读10遍，背诵5遍，考背5遍。

注释

清明：我国传统节日，有扫墓、踏青等习俗。

欲断魂：极度悲痛的样子。

借问：请问。

杏花村：杏花深处的村庄。

译文

　　清明时节，下起了连绵不断的阴雨，路上的行人都显得很悲伤。我问牧童哪里有酒家，牧童伸手指向了杏花深处的村庄。

文老师讲唐诗

　　清明自古就是我国的重要节气，每年四月初，清明一到，雨水增多，万物都变得清新明亮。清明之所以会成为节日，与已经失传的寒食节有着密不可分的关系。

　　寒食节是晋文公为纪念介子推而设立的。晋文公在国外落难时，介子推曾割自己的肉给他充饥。晋文公回国继位后，想报答介子推，介子推却避而不见，后来还被晋文公的手下放火烧死。晋文公难过极了，他将这一天命名为寒食节，规定所有人不许生火做饭，要吃冷食。由于寒食节与清明节只隔一两日，宋代以后，寒食节逐渐被清明节取代。

　　唐代人很重视清明节，他们将清明节与寒食节一起，列为法定节假日。在这个热闹的节日里，诗人们写了不少关于清明的诗，最有名的就是杜牧的这首《清明》。

左边稍小两头短

右边字形宜丰满

乞 巧°

林 杰

七夕今宵°看碧霄°,

牵牛织女渡河桥。

家家乞巧望秋月,

穿尽红丝几万条°。

背诵小贴士：带读10遍，独读10遍，背诵5遍，考背5遍。

注释

乞巧：又名七夕，是中国古代的传统节日。

今宵：今夜。

碧霄：指浩瀚无际的天空。

几万条：比喻很多。

译文

七夕的晚上，望着碧蓝的天空，就像看见牛郎织女在银河的鹊桥上相会。家家户户都在一边观赏秋月，一边对月穿针，穿过的红线都有几万条了。

文老师讲唐诗

　　每年农历七月初七，会迎来另一个传统节日—七夕节，它起源于汉代，最初是为了纪念织女而设立的，因为织女的手艺很巧，她会织出像彩霞一样美丽的布，所以古代女子都很崇拜她。七夕节的晚上，很多女子都会对着月亮，向织女祈求，希望能赐予自己一双巧手。所以，七夕节又叫"乞巧节"或"女儿节"。

　　七夕节除了拜织女，还有很多习俗，如穿针比赛、丢针占卜等。唐朝时期，最流行穿针比赛。七夕的晚上，许多女子会聚在一起，摆好穿针台，然后手拿丝线，对着月光比赛穿针。她们用的针，有七个孔的，也有九个孔的，谁最先穿过这些孔，谁就能如愿。诗人林杰的这首诗，就将七夕之夜的这场比赛，描写得生动活泼、趣味无穷，让人非常向往。

一撇一横要短小
横折弯钩别写错

十五夜° 望月

王 建

中庭°地白°树栖鸦,

冷露°无声湿桂花。

今夜月明人尽°望,

不知秋思°落谁家。

背诵小贴士：带读10遍，独读10遍，背诵5遍，考背5遍。

注释

十五夜：农历八月十五中秋节的夜晚。

中庭：庭院中。

地白：指月光照在庭院地上的样子。

冷露：清冷的露水。

尽：都。

秋思：秋日的思念之情。

译文

中秋的月光照在庭院中，地上像铺了一层霜那样白，树上的鸦雀都进入了梦乡。夜深了，清冷的露水悄悄沾湿了桂花。今夜明月当空，人们都在望着月亮思念亲人或朋友，也不知这份思念落在了谁家。

文老师讲唐诗

在我国古代历法里，一年有四季，每个季节有三个月，分别称为孟、仲、季。由于八月是秋季的第二个月，所以叫"仲秋"，而八月十五在仲秋之中，所以叫"中秋"。早在魏晋时期，就有人在中秋拜月，但直到唐代初年，中秋节才成为固定节日。

很多唐代诗人都喜欢过中秋，因而创作了不少名作佳句，其中最值得回味的，就是王建的这句"今夜月明人尽望，不知秋思落谁家"。人们看见明月，就会产生思念之情，却不知这思绪会落在谁家。

唐玄宗也喜欢中秋节，他还留下了梦游月宫的传说。有一年的中秋之夜，唐玄宗梦见自己来到月宫，只见一群仙女在桂花树下欢歌起舞。唐玄宗看得如痴如醉……醒来后，唐玄宗立刻将梦中的歌舞记录下来，成了有名的《霓裳羽衣曲》。

思

田字横竖要等距

心字宽扁右上倾

		不		今		
	不	知	今	夜		
	知	秋	夜	月		
	秋	思	月	明		
	思	落	明	人		
	落	谁	人	尽		
	谁	家	尽	望		
	家		望			

185

九月九日°忆山东°兄弟

王　维

独在异乡°为异客，

每逢佳节倍思亲。

遥知兄弟登高°处，

遍插茱萸°少一人。

zhū yú

背诵小贴士：带读10遍，独读10遍，背诵5遍，考背5遍。

注释

九月九日：指农历九月初九重阳节。

山东：此处指华山以东。

异乡：他乡，外地。

登高：重阳节有登高辟邪的习俗。

茱萸：一种带有香气的植物，古人在重阳节有插戴茱萸的习俗。

译文

　　我独自离家在外，身为他乡的客人，每逢佳节来临时，都格外思念亲人。遥想兄弟们今日登高望远时，头上都插戴着茱萸，可惜却少了我一个人。

文老师讲唐诗

　　早在西汉时期，农历九月初九就是一个特殊的日子，因为有两个阳数，所以叫"重阳节"；"九"与"久"同音，象征着长久、长寿，因此古人非常重视重阳节。

　　到了唐代，重阳节被正式定为重要节日。每逢农历九月初九这天，从皇帝到百姓，都会欢度佳节。最爱过重阳节的皇帝是唐中宗，他会和大臣一起登高望远，然后将菊花或茱萸放入酒中，一饮而尽。百姓们则会将茱萸插戴在头上或把茱萸放进香囊，再佩戴起来，这样就能避开灾难。

　　唐代的重阳节，还是一个盛产名诗的节日，比如王维写了《九月九日忆山东兄弟》。那时的王维只有十七岁，他独自在长安生活，重阳节这天，他格外想念远在蒲州（今山西永济）的兄弟们，便用这首诗来表达对他们的思念之情。

撒低捺高

底横要短

背默小天才

春城无处不飞花，☐☐东风御柳斜。

☐☐时节雨纷纷，路上行人欲断魂。

家家☐☐望秋月，穿尽红丝几万条。

今夜月明人尽望，不知☐☐落谁家。

独在异乡为异客，每逢☐☐倍思亲。

这样的诗

悯 农（其一）

mǐn

李 绅

shēn

春种一粒粟，

sù

秋收万颗子。

四海无闲田，

农夫犹饿死。

yóu

背诵小贴士：带读10遍，独读10遍，背诵5遍，考背5遍。

注释

悯：怜悯，这里有同情的意思。

粟：泛指谷类。

子：指粮食颗粒。

四海：指全国。

犹：仍然。

译文

春天播下一粒种子，到了秋天就可以收获很多粮食。天下没有一块不被耕种的田地，却仍然有种田的农民饿死。

文老师讲唐诗

劳动者的身影是最美的，所以唐朝诗人很喜欢描写他们，还留下许多经典名篇。其中最广为人知的，是李绅的《悯农》，他把劳动者的辛苦写到了极致。

李绅之所以能写出这样的诗，和他的经历有很大关系。李绅小时候家里很穷，为了好好读书，十几岁就去寺庙里借住，因为寺庙可以为书生提供食宿。他借宿的寺庙在一座小山上，山下都是田地，他经常看到农民在田间劳作，对于农民的辛苦深有体会。

二十七岁那年，李绅考中进士，皇帝很赏识他，让他做了翰林学士。有一年，李绅回老家探亲，遇到一个朋友，两人相约去城东的观稼（jià）台游玩，这是一座能够看见田野的高台。他们登上高台，只见农民们正挥汗如雨地耕种着，李绅被这一幕深深触动，于是写下了这首《悯农》。

禾字要细长

中字要挺立

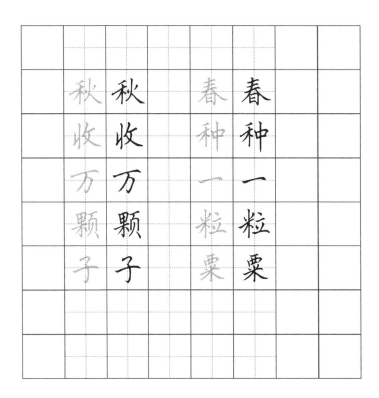

悯农（其二）

李 绅

chú
锄禾◦日当午◦，
dī
汗滴禾下土。

谁知盘中餐◦，

粒粒皆辛苦。

背诵小贴士：带读10遍，独读10遍，背诵5遍，考背3遍。

注释

禾：谷类植物的统称。

日当午：指中午12点，太阳最晒的时候。

餐：这里指米饭。

译文

　　烈日当空的正午，农民还在耕种，身上的汗水滴到禾苗生长的土地上。又有谁知道盘中的米饭，每一粒都是农民用辛勤的劳动换来的。

文老师讲唐诗

每当父母教育我们爱惜粮食时，就会念着"谁知盘中餐，粒粒皆辛苦"，他们是在告诉我们，这一粒粒的米饭，都是农民辛辛苦苦种出来的！这句名诗，来自李绅的另一首《悯农》。由于全诗通俗易懂，所以很受农民欢迎。

当时朝廷有位文采出众的大官员，名叫吕温，他读了李绅的《悯农》后，就觉得这个年轻人很不一般，将来说不定能当宰相，因为只有胸怀天下的人，才能写出这样的好诗。

在李绅入朝为官后，他先后经历了唐宪宗、唐穆宗、唐敬宗、唐文宗和唐武宗五朝，晚年更是如吕温预言的一样，当上了宰相。综观李绅的一生，不管是被提升，还是被降职，他都没有忘记写下《悯农》时的情感。

虽然我们现在已全面建成小康社会，但这首诗仍具有重要的教育意义。

布局要均匀

整体显饱满

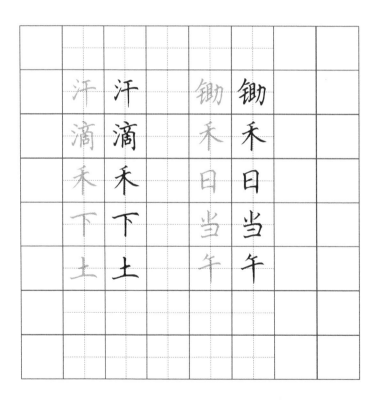

静夜思◎

李 白

床前明月光，
疑◎是地上霜。
举头◎望明月，
低头思故乡。

背诵小贴士：带读10遍，独读10遍，背诵3遍，考背3遍。

注释

静夜思：安静的夜晚产生的思绪。

疑：好像。

举头：抬头。

译文

明亮的月光透过窗户洒进来，地上好像泛起一层白霜。我抬起头来，看着窗外夜空中的明月，不由得低头沉思，想起远方的家乡。

文老师讲唐诗

大唐诗人都爱写月亮，李白更是描写月亮的高手，一句"举头望明月，低头思故乡"，使月亮成了故乡的代名词。

李白二十几岁就离开家乡，一直漂泊在外，但他对故乡的一草一木都充满深情。某个秋日的晚上，李白正躺在床上休息，一阵凉风袭来，他不由得睁开双眼，床前怎么有一片白霜？再一看，竟是月光！李白顿时有了灵感，不由念出："床前明月光，疑是地上霜。"他抬头仰望夜空，只见天上的月亮又大又圆，就像故乡的明月。凝望着月亮，想着故乡的一切，想着想着，头渐渐地低了下去，心中愈发思念起家乡。

后来，这首《静夜思》成了思乡曲，拨动了无数游子的心弦。每当漂泊在外的人，看见夜空中的明月，就会忍不住想起家乡，想起远方的亲人，也期待着终有一天能够与家人团圆。

两个撇折要等距

最后一撇要舒展

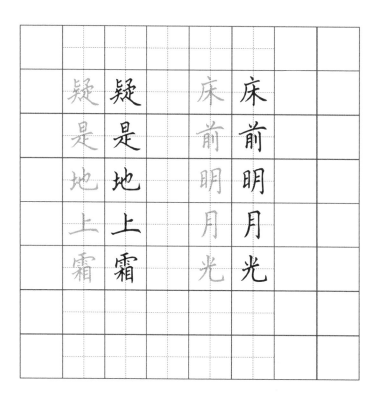

cháng　é
嫦　娥

李商隐

云母屏风 烛影深，

长河 渐落晓星 沉。

嫦娥应悔偷灵药，

碧海青天 夜夜心。

背诵小贴士：带读10遍，独读10遍，背诵5遍，考背5遍。

注释

云母屏风：用云母石制作的屏风。

深：暗淡。

长河：银河。

晓星：清晨出现在东方的启明星。

灵药：指长生不死药。

碧海青天：形容嫦娥生活枯燥，只能见到碧色的海、深蓝色的天。

译文

透过云母屏风，烛影渐渐暗淡下去，天上银河斜落，启明星也渐渐消失不见。嫦娥一定很后悔偷吃了灵药，孤独的她只能面对碧海蓝天，日夜思念人间。

文老师讲唐诗

作为晚唐诗人的代表，李商隐最会写情诗，而且写得深入人心。他因卷入牛李党争，迟迟得不到赏识。为了养家糊口，他不得不辗转各地，为他人做幕僚，和妻子聚少离多。

这天晚上，李商隐见月色皎洁，不由得思念起远方的妻子，于是写下这首《嫦娥》。嫦娥是神话传说中的人物，她和后羿本是夫妻。有一天，后羿得到一包不死仙药，交给嫦娥保管，却被徒弟意外得知。徒弟趁后羿不在，想抢夺仙药，嫦娥无奈吃下仙药，而后飞上月宫，与后羿天地永隔。

李商隐通过咏叹嫦娥的孤寂生活来抒发自己的感伤之情，这种感伤的主题，不仅贯穿了他的诗歌，也贯穿了他大半个人生。后来，他的妻子病逝，在事业和家庭的双重打击下，李商隐于四十六岁抑郁而终。

左边笔意要相连

右边疏密要得当

	碧	碧	嫦	嫦		
	海	海	娥	娥		
	青	青	应	应		
	天	天	悔	悔		
	夜	夜	偷	偷		
	夜	夜	灵	灵		
	心	心	药	药		

游子吟

孟　郊（jiāo）

慈母手中线，

游子身上衣。

临°行密密缝，

意恐°迟迟归°。

谁言°寸草心°，

报得三春°晖°。

背诵小贴士：带读15遍，独读15遍，背诵10遍，考背5遍。

注释

临：将要。

意恐：担心。

归：回来，回家。

言：说。

寸草心：小草柔嫩的芽心。形容子女对慈母的报答极其微小。

三春：农历正月为孟春，二月为仲春，三月为季春，合称三春。

晖：阳光。形容母爱如阳光般温暖着子女。

译文

　　慈母用手中的针线，为远行的儿子缝制身上的衣衫。将要离家时，一针针密密地缝，是担心儿子回来得晚衣服破损。有谁敢说，子女像小草那样微弱的孝心，能够报答如春日阳光般的慈母恩情呢？

文老师讲唐诗

孟郊的《游子吟》，是唐诗中歌颂母爱的名篇，千余年来，不知感动了多少人，尤其是离家在外的游子，每次念起"谁言寸草心，报得三春晖"，就会加倍想念母亲，孟郊也是如此。

孟郊很小的时候，就失去了父亲，全靠母亲织布换钱养家，日子过得十分艰难。人到中年，孟郊来到长安，参加了两次科举考试，都失败了，在母亲的支持下，第三次才考中进士，而后得了个很小的官职——溧（lì）阳县尉。

孟郊上任后，便派人接母亲来溧阳（今江苏溧阳）。他想起每次出门前，母亲总会为他缝制衣服，因为担心儿子离家在外不能尽早回来，就将衣服缝得十分结实。这样的母爱，像春天的阳光，让人感到无比温暖，于是孟郊写下这首《游子吟》，以表达对母亲深深的爱。

寸草 春晖

 晖

日字要细长

军字要挺立

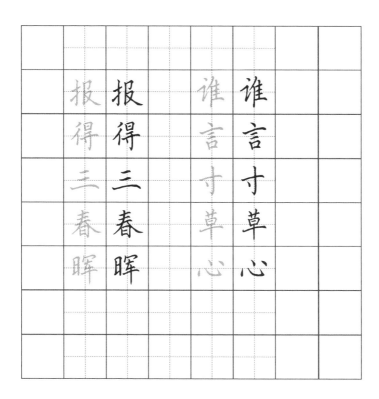

谁言寸草心

报得三春晖

回乡偶书°

贺知章

少小°离家老大°回，
乡音无改°鬓毛衰°。
bìn   shuāi

儿童相见不相识°，

笑问客从何处来。

背诵小贴士：带读10遍，独读10遍，背诵5遍，考背5遍。

注释

偶书：偶然写下的诗。

少小：年少、年幼的时候。

老大：年纪大了。

无改：没什么变化。

衰：有减少的意思。

不相识：不认识我。

译文

    我年少时离开家乡，待年纪很大了才回来。我的乡音虽然没有改变，鬓角的头发却已变得稀少。家乡的孩子们看见我，没有一个认识我。有个孩子笑着问我，这位客人是从哪里来的呀？

文老师讲唐诗

乡愁，也是唐诗中常见的主题，像李白这样洒脱的诗人，思念故乡时会感慨："举头望明月，低头思故乡。"而贺知章写乡愁，用一句"儿童相见不相识，笑问客从何处来"，写出了自己退休返乡后的感慨。

贺知章是越州永兴（今浙江杭州萧山区）人，小时候就随家人搬到山阴（今浙江绍兴）。成年后来到长安，三十七岁考中进士，入朝为官近50年。直到八十六岁，才退休回到老家。

一回到山阴老家，就遇上村里的孩子们。因为贺知章离家多年，孩子们都不认识他。有个孩子笑着问他："这位客人，您是从哪儿来的？"贺知章愣住了，当年离家时，他还是个少年，如今虽然仍会说家乡话，但头发都已花白，在孩子们看来，就是一个陌生的客人。贺知章心酸不已，于是写下这首《回乡偶书》。

下部三撇弧度不一

最后捺画舒展放开

背默小天才

四海无闲田，□□犹饿死。

锄禾日□□，汗滴禾下土。

床前明月□，疑是地上□。

嫦娥应悔偷灵药，□□青天夜夜心。

谁言□□心，报得三春晖。

少小□□老大回，乡音无改鬓毛衰。